20.09.

Xóchil A. Schütz {*Flamingo und Gnu*}

Xóchil A. Schütz »Flamingo und Gnu«

Leipzig
www.araki.de
2. erweiterte Auflage 2012

Umschlaggestaltung, Satz, Illustration: Anna Beck, Stuttgart
Gesetzt aus der Matrix Script und Melior
Druck: AJSP Vilnius
ISBN 978-3-936149-12-8

Xóchil A. Schütz

{ Flamingo und Gnu }

Liebesgedichte

Illustriert von Anna Beck

ARAKI

{ lied der weberin }

ich webte schon, ich webte schon
teppichwerk, ohne motiv, unschön im ton
und will dahin, ich will dahin
wo ich meine sehnsucht bin

da werd ich sein, da werd ich sein
alge, auster, abend, stein, erfüllt
gesegnet und vollkommen hab ich mich dann
in diese welt geschöpft, hineingenommen

ich webe schon, ich webe schon
tränen, blut, himmel, mohn, von tag zu tag
tal und teer, mond und meer, ton um ton
augen, blicke, die sich ganz erkennen, tönend

web ich schon, ich webe schon
wolkeniglus, wo ich wohn, wege hinaus
dahin, dahin, wo ich mit dir verwoben
auf dem tibetteppich bin

auf dem schiffchen
meerumgarnt und sicher angeseilt
web ich einen glauben
der meiner gegenwart vorauseilt

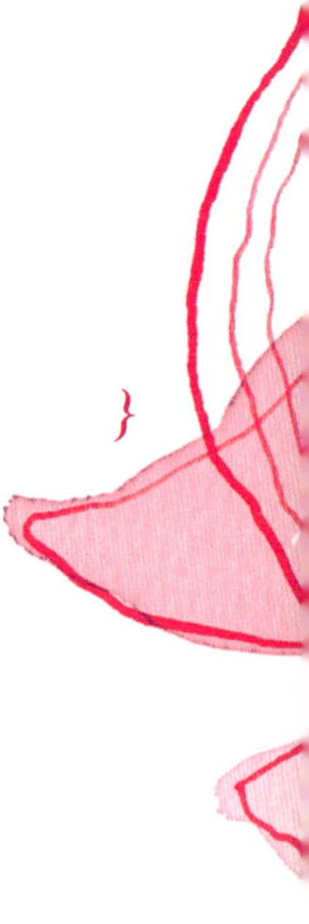

{ Im Schlosspark bei Nacht }

gibt es Grillen, den Igel, den Dachs und den Schwan
Dein Herz in meinem: Das ist Wahn

Lass uns nicht Königskinder spielen, so jung bist du nicht
Im Dunkeln vergisst du die Augen in meinem Gesicht

Im Dunkeln vergisst du den Sohn, den du hast
Und die Enten. Du hast an mir vorbei gefasst

Es gibt Grillen, den Igel, den Dachs und den Schwan
Dein Herz in meinem: Das ist Wahn

{ schlangenwerk }

ich seh, wie deine augen sich verirren
und wie dich, was du siehst, mein fleisch, verwirrt
ich sehe mich dann wie ein tier erstarren
von einer schlange im tagewerk gestört

und wenn ich von dir gehe, später, ungelegt
erstaune ich, wie sich ein flattern und ein
schlottern durch alles, was ich nun bin, wegt

und liege ich zur nacht in meinem wohnungsbau
und seh ich, wie ich ewiglich in deine jagdgründe schau
und weiß ich irgendwo: ich bin alleine
dann fieber ich: reiß mein herz! zwischen die beine

{ *deine hand, die mich küsste* }

ich begehr dich
und ich merke, ich ehr dich
ich will dir nah sein, ganz nah
und dich dann wieder lassen
ich will mit dir da sein
in deine hand gelegt
einmal den zug verpassen

ich erzähl zu viel, wenn ich dich seh
und du hörst zu und machst mir tee
und ich weiß noch nicht viel von dir
doch was ich weiß, scheint mir klar
du scheinst mir wie das wasser
wichtig und wunderbar

und ich merke, dass ich dich ehre
und du durchflutest mich ganz
weil ich dich wie du bist begehre

und ich wäre gerne das sonnenlicht
das auf der haut des wassers bricht
aufbricht in funkeln und strahlen
nach verhangenen tagen, fahlen
möcht ich dir nah sein, ganz nah
und dich dann wieder lassen
dazwischen möchte ich
deine hand, die mich küsste, fassen

{

{ Ruhig mit dir }

Heut wär ich gerne ruhig
ruhigen Auges, ruhigen Blutes
ruhig am offenen Fenster
und zitter, die Welt, sie zittert

Schlüge mir heute ein Pfau
ein Rad in den Himmel, purblau
wär ich gerne ruhig deine Frau
und zitter, die Welt, sie zittert

Ach, trätst du zu mir ans Fenster
und trügest den weißen Tee
doch nichts als Gespenster, Gespenster
ich zitter, die Welt, sie zittert

}

{ *Wilder Flieder, lila* }

Wieder
wilder Flieder, lila
vor halbverfallenen Hütten
im Holz. – Also komm, Knecht
Im Kiefernwald fällt die Sonne herab, in Spießen
An erdighellbraune Wege, wo Blaublumen sprießen, sollst du mich legen
in einen riesigen See, stahlblau und hart, tunk mich
und nimm mich hoch, zwischen deine Beine
Kaskaden grüner Zweige. Ergießen
sich. Im weißen Licht. Komm
mit mir in den Flieder
Wilder, wieder
wieder

{ *{ Steig mit mir aus }*

Steig mit mir aus
Ich weiß, wohin
Unter die Brücke
Wo Heckenrosen blühn

Es wird mich stechen
Ich werde schrein
Und darin wirst du
mein Meister sein

Steig mit mir aus
Du musst mit mir
unter die Brücke
oder gleich hier

Es wird mich stechen
Ich werde schrein
Und später werd ich
ganz stille sein

Mit sanftem Atem
schau ich zu dir
Steig mit mir aus
oder gleich hier

}

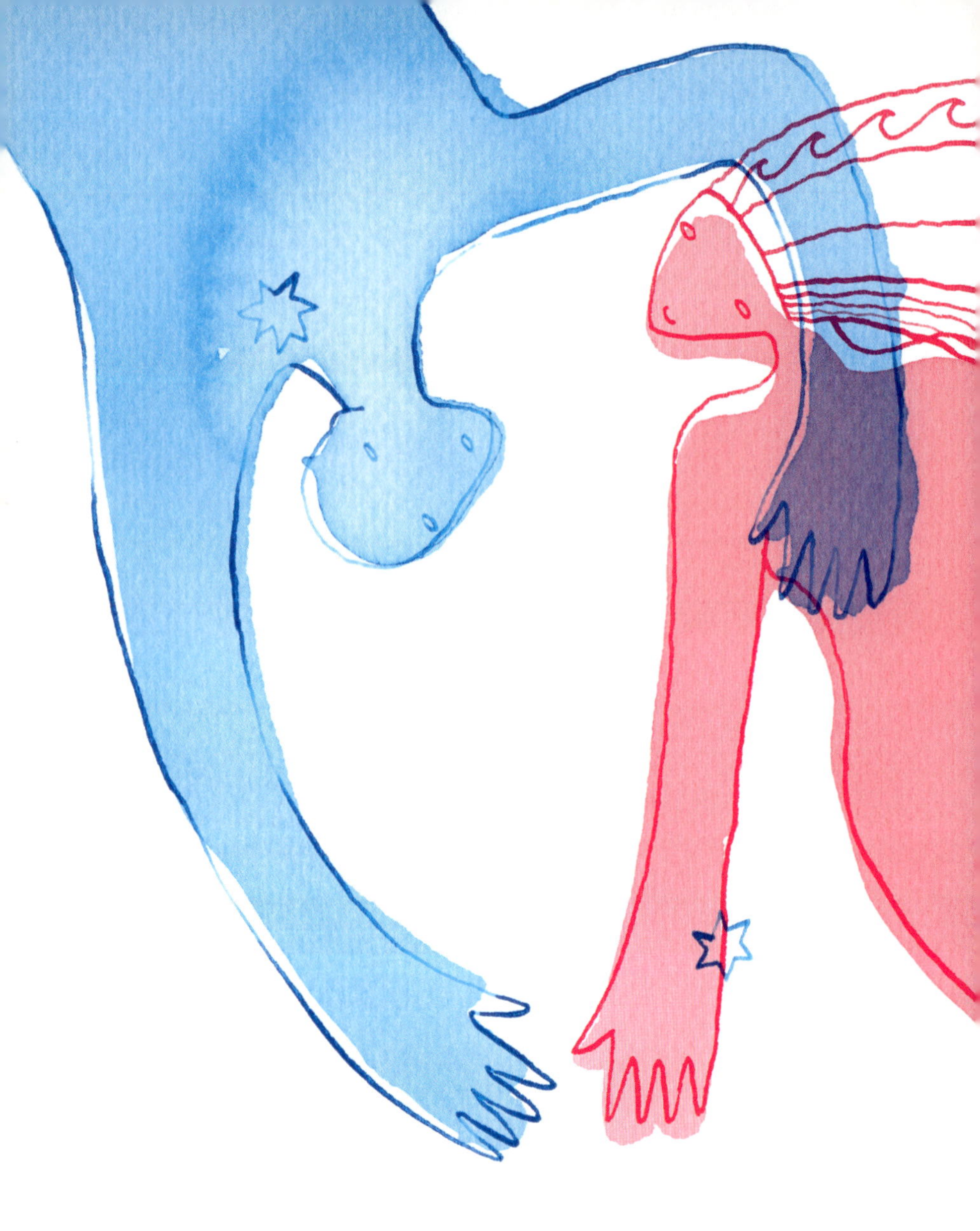

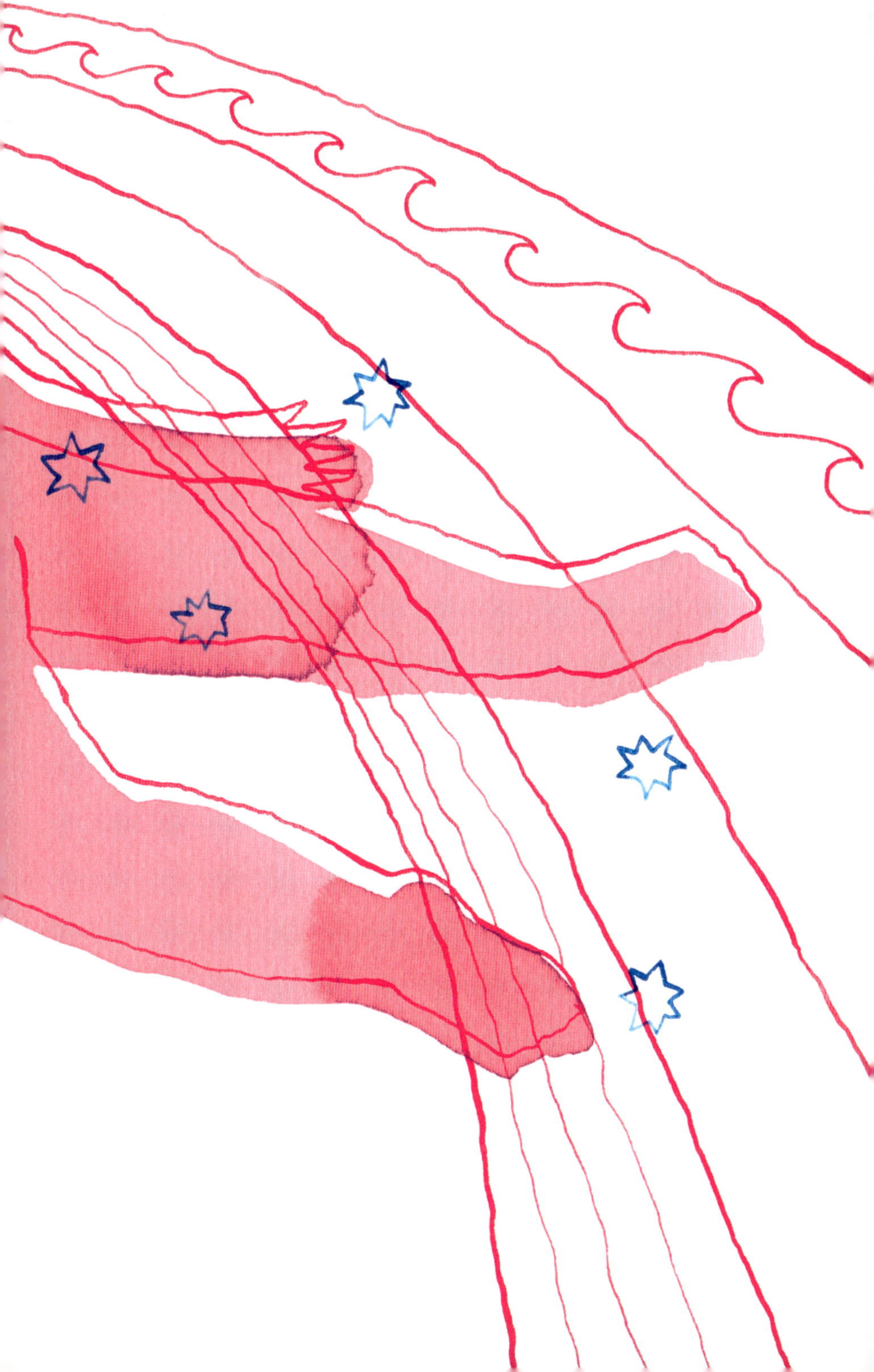

{ *Flamingo und Gnu* }

Ich bin ein Flamingo, und du bist ein Gnu
Wir können nicht schlafen, wir decken uns zu
Es ist Sommer, du hustest, ich denk ein Gedicht
Hinterm Vorhang zwitschert das Morgenlicht

Ich bin ein Flamingo, und du bist ein Gnu
Ich bin noch ganz wach, deine Augen sind zu
Die Nacht war schon schön, aber hübsch bist du nicht
Da greifst du nach mir und suchst mein Gesicht

Ich bin ein Flamingo, und du bist ein Gnu
Du hustest und schnarchst, und ich höre dir zu
Wird mir das vertraut, also bleib ich jetzt hier
Oder bist du zu laut, und ich fahr noch zu mir?

Ich bin ein Flamingo, und du bist ein Gnu
Ein fremdes, großes, ich komm nicht zur Ruh
Ich liege schwitzig unter der Decke
Ich rühre mich kaum, dass ich dich nicht wecke

Ich bin ein Flamingo, ich ziehe ein Bein
Hoch an den Bauch, und ich glaub, ich schlaf ein
Und du bist ein Gnu, und du bist etwas weise
Und du schnarchst noch immer, doch ich hör's nur leise:

Ich bin ein Flamingo, und du bist ein Gnu
Murmelt mein Blut, und ich höre ihm zu
Es murmelt und murmelt, und du bist ein Gnu
Und wenn ich nicht schlafe, dann hör ich ihm zu

Ich bin ein Flamingo, und du bist ein Gnu
Ich ... Flamingo ... Du ... Gnu ...
Ich ... und Du?

{ Sein Duft }

Sein Handtuch riecht gut
Die Bettwäsche duftet
In der Küche duftete, was er uns kochte
Jetzt schläft er; am anderen Ende des Bettes
und ich lasse ihn schlafen
seinen Duft in der Nase

Denn sein Handtuch riecht gut
Die Bettwäsche duftet
In der Küche duftete, was er uns kochte
weil er aufsteht, morgens, in den Tag geht
Ich lasse ihn schlafen

Ich lasse ihn schlafen, hör' seinen Atem
Am Morgen gibt er mir Duft in die Nase
Dann geh' ich nach Hause
in eine Wohnung, in der kein Handtuch duftet
keine Bettwäsche und kein kostbares Mahl

Ich gehe nach Hause und schreibe es auf:
Sein Handtuch riecht gut
Die Bettwäsche duftet
In der Küche duftete, was er uns kochte
Und dabei, während ich schreibe
habe ich seinen Duft

{ # { Graskraut }

Hoch steht das Unkraut, üppig, es blüht in Wolken und Flocken, bläulich, beige, rostrot und gelb. Polen. Neben dem Schrottplatz. Und Bienen, dick, mit zerzausten Härchen, wickeln sich Staub um die Leiber, die Glieder, laut sind sie, ganz, und du, breit, holst den Honig, du hast ihn in deinen Händen, du hast mich ins Graskraut gelegt, mit den großen, grade, ich erwarte dich, groß, halbgeöffnet die Glockenaugen, honighauten, harrst du, du siehst meinen Mund, halbgeöffnet, ein Ohr, meine Brust unter dem baumwollenen Kleid, Graskraut steht um mich, du kommst über mich, stehst hoch, Unkraut und Honig, ich kleid mich in Haut.

Du beginnst mit dem Ohr, du legst einen Faden in einer Spirale hinein; dann ziehst du ihn über meine Lippen, ich greife den Faden mit meiner Zunge und zieh ihn mir in den Mund hinein, er ist stark und kräftig und schneidet ein – und du ziehst den Honigfaden meinen Hals entlang, über mein Schlüsselbein, und wieder fangen deine läutenden Augen meine halbgeöffneten Lippen ein. Und du reibst meinen Gaumen, hautgolden, ganz, dazwischen atme ich du ich dich mir. Wir sind unkrauten, Atem, meine anschwellenden Schenkel fallen auseinander, hier, wo mein Herz sich vergrößert, wucherst du in mich, wir treiben, es blüht in Wolken und Flocken, bläulich, beige, rostrot und gelb. Pole. Dazwischen, darum, darüber wir Welt. Wogen. Wollen. Wir stülpen uns um, in uns hinein, Auge in Auge, Zahn in Zahn. Geworfen. Ein Zug fährt vorbei, die Scheiben vibrieren, Glockenaugen, ein paar Minuten, ein paar Minuten, noch ein paar Minuten, Flocken, und ich bin zurück in Berlin, Berlin. Ich ziehe die Fäden, mit mir, mit der Zunge, graskrauten, hauten, stehe ich auf. Wolken, groß, Weite, und dann bin ich zu Haus. Und da streiche ich durch den Humboldthain, hoch steht das Unkraut, verblüht, verblüht. Ein Falter, farblos, klappt seine Flügel ein; mir ist kalt, ich friere du ich dich mir, wir sind Wesen, gewesen, es gibt uns nicht mehr. }

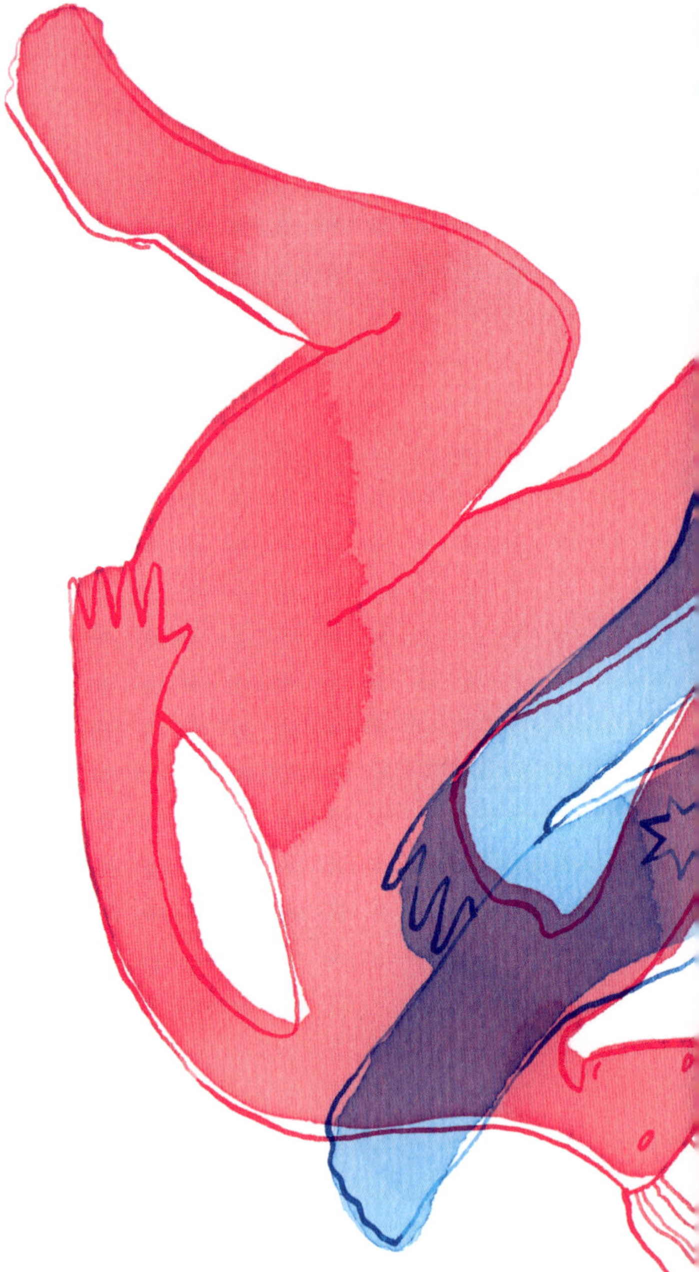

{ *Besiegt werden* }

Ich will von dir besiegt werden
Ich will von deinen Händen geliebt werden
Ich will von dir umgeben sein wie ein Blütenstil von der Vase
Und ich will aufgespießt sein wie ein Schwein, das auch

Du sollst mich drehn in der Hitze,
    mich drücken und Stücke aus mir reißen
Du musst mich beißen. Dich in mich schlagen
Ich will Tier sein. Ich will an dir sein
Ich will Rausch und Gewalt. Deine. Die mich ganz macht. Ja ...

Ich will von dir besiegt werden
Ich will von deinen Fingern geliebt werden
Ich will auf dir treiben wie Treibholz auf Ozeanen
Ich will an dir durchs All fallen, wie Sterne entstehen ...

Ich will geschöpft werden. Ich will Gott zu dir sagen
und dich im Mund tragen wie eine Löwin ihr Junges
Ich will auf allen Vieren, an dir. Ich will nicht von dir lassen
Ich will erschöpft sein, einmal, mich ausruhn, und dann

Besiegt werden

{ *Du bist meine Muse, du Affe* }

Du bist meine Muse, du Affe
Du Anzugschönheit, du Straßenheld
Du bist so lässig
Du brauchst keine Kippe, du bist sie

Mein Triebtier
Meine Schulterwand
Mein Schenkelgott
Wenn ich nicht von dir lasse
vergesse ich, mich zu ernähren
sicher, du machst mich voll
mit nichts als deinem Körper

Du bist meine Muse, du Affe
Du Fleischhalle
Du Muskelfabrik
Ich verfalle dir und vergesse im Rausch das Tagwerk

Alles ist Sucht, Trieb, Vergessenheit
Ich bin ein Papierflieger, gelandet auf meiner Hormonflut
Und weiche – durch

Also setz' mich an Land, lass mich trocknen
Und wenn die Sonne brennt
flieg' mit mir eine Runde
über Abgründe

Ich bin dir verfallen. Nass. Fass

{

{ Saß ich am Rand }

Saß ich am Rand
glitt ich ins Glas
aus dem die Stadt stieg
die vage wellte

Fielst du mir auf
hobst du mich hoch
schwerarmig
und atmend

Da lief der Wein
da wand ich mich
da fand ich mich
an einer Mauer

Küsste ich dich?
Ich küsste dich.
Übergesprungen
die Lippen

Da fiel das Glas.
Jetzt versteck ich
meine Augäpfel
hinter Lidern:

Ich saß am Rand
ich glitt ins Glas
die Stadt stieg raus
und wellte vage

Du fielst mir auf
du hobst mich hoch
schwerarmig
und atmend

Da lief der Wein
da wand ich mich
da fand ich mich
an einer Mauer

Küsste ich dich?
Ich küsste dich.
Übergesprungen
die Lippen.

Da fiel das Glas.
Jetzt versteck ich
meine Äpfel
hinter Liedern

}

{

{ Algen, Licht }

Ich werf das Haar in Himmels Land
ich taumel, träume sanden dich
fass meine Füße, kreise mich
aus dunklen Dünen, hin zum Strand

Wie fasst du, Liebster, mir ins Haar!
Dein Haar küsst meine Brüste!
Wie wölbe ich mich muschelgleich
an deiner Lippen Küste

Wie treibst du, weiter, mich ins Meer!
Du wirst mein grünes Leuchten!
In langen Wellen lauf ich dann
an deiner Lippen Küste an

Fass meine Füße, kreise mich
Wie taumel und wie träume ich
Wann, Liebster, fasst du mir ins Haar
Dein Haar küsst meine Brüste, wann

Wann werfe ich vom Leuchtturm Licht
und Algen an den Himmelsstrand
halt helle Muscheln in der Hand
und werf das Haar, ich werf das Haar

}

{ Du bist mir }

Du bist der Vogel
du bist die Leichtigkeit
du bleibst wundersam
und himmelweit

Du bist der Mann
der vom Wasser kam
du bist mir Meer
und bleibst wundersam

Du bist der Flügel
der die Schwere trägt
der mich vogeln, frei
in Strahlen schlägt

Du bist die Zeit
die mir Manna reicht
du bist der Mann
der dem Menschen gleicht

Du bist mir Wunderweit'
und Himmelsam'
das Leichte Meer
und Strahlenkleid

Du bist die Zeit
die dem Fliegen gleicht
der Horizont
der mir Hände reicht

{

{ Traum, Mann }

Als ich komme, hast du gekocht
Kleine Köstlichkeiten, die du verfütterst, an mich
Ich bin müde von der Reise und erzähle
Du bist aufmerksam, du fütterst mich
Ich seh, dass du mich begehrst

Wir treiben ein Zimmer weiter
Du bist in Bewegung, ich sitz auf dem Bett
Du schiebst mir zwei Finger in den Mund:
Köstlichkeiten, und Köstlichkeiten
Ich spür, dass du mich begehrst

Ich sehe dich an. Du stehst in der Wanne
und wäschst dir dein riesiges Glied; für mich
Ich könnte mich bücken
meinen Mund auf dein bestes Stück Leben stecken
zuckend

Du steigst aus der Wanne. Du stehst vor mir
Wir sehen uns an. Ich sage Dir:
Ich begehre Dich
Doch ich habe mich entschieden
für einen anderen Mann

Und mein Körper ist Zwei
er will mit dir schlafen
mich durch die Zeit
und da sein, wo der ist
für den ich mich scheide, schenkels

Die Körper ziehen. Einer zu Dir
Einer zu dem, mit dem ich bald lebe
Nichts passiert
Ich seh durch die Zeit
Und treibe ein Zimmer weiter

Du bist nicht mehr da
Ich räume die Träume in eine Vitrine
du schenktest sie mir
Als ich zu dem fahr, für den ich mich scheide
finde ich sie in meinem Gepäck:

Du stehst in der Wanne und wäschst dir dein Glied
Ich bücke mich und verschlinge dich
Ich trinke dich aus
Ich schlafe mit dir
Wir haben uns immer nur angesehn

{

{ Flirr und harr }

{ Als ich den Drummer sah }

Setz mich in den Himmel, Sorglos
deine Hände flirren, flirren
und ich ich, ich flirre mit
mit den Lippen, setze mir
den Besen zwischen meine Beine
deinen, und wir fliegen, reiten
durch den Himmel, sorglos, Mann

bin ich heut & Schwingdinghexe
Formelspucke, Beckenechse
steck den Mund in meine Haare
rot und flirrend, Lippen, leicht,
Walpurgahügel, wunderda
Spitzentanga, Moorstrand, harr
flirr mit mir den Himmel runter

mit dem Besen, mit dem Stick
hohen Hutes, kurz vorm Click
flirren deine Hände, flirren
und ich ich, ich flirre mit –
Flugritt, was für ein Flugritt
mit dir da dann, wunderda, harr
Himmelspaar und Hexenmaar

Himmelspaar, Himmelspaar
Schwingdingechse, Formelhexe
steck den Mund in meine Haare
steck ihn, steck ihn, flirre, fahre
reck dich kringeln
ring mich himmeln
Hügeldrängeln, fingrig, furchig

Moor, morastig, lurchig, lurchig –
Flugklitt, über der Flugklitt
feucht federig und flatterig
Zangen fangen Schlick Tang Schlick
ringdingfurchig, Vogel Greif
geifer, reif, geriffelt, live
Stick hinein jetzt, kurz vorm Click

flirren meine Wände, flirren

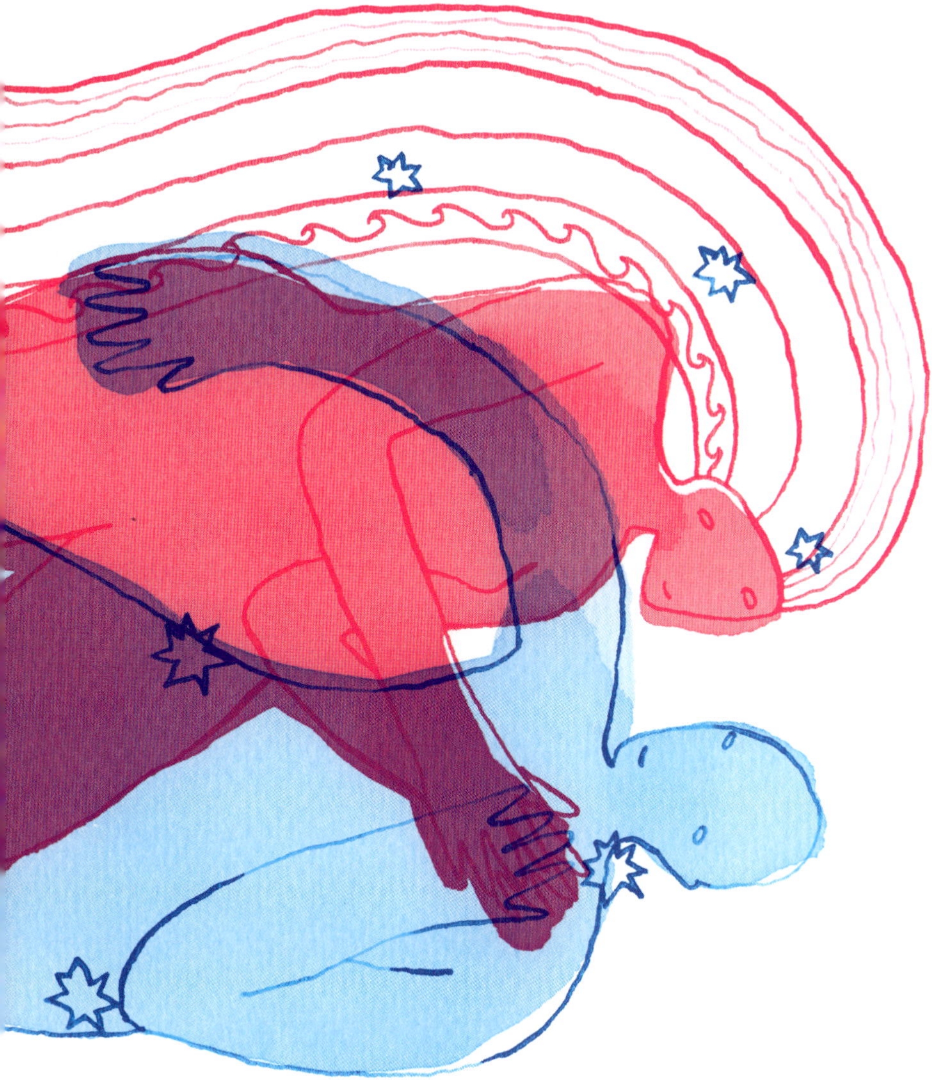

{ Liebling }

Mein Liebling. Ich bin dir so gewogen / Mein Liebling. Ich häng schon an Gepflogenheiten / Mit dir im Bett zu schlafen, jede Nacht / Am Abschiedskuss von dir, an jedem Morgen / Mich noch mal umzudrehn, die Tür gehn hörn, mit dir / Ich nenne dich fast nie bei deinem Namen, Babe / Ich spiel dir Laute zu, so kurze, zarte, die dich kleiden und entkleiden / Meine Stimme sinkt, herab, wenn unsre Wege sich zu lange scheiden, und zu lange, das heißt über Nacht / Ich lieb dich, Liebling, völlig, sacht, ich bin dir so gewogen / Ich bin mit dir fast ungezogen unverbogen / Ich bin mit dir in Liebe, und in Liebe ist es gut / In Liebe brennt nicht immer; in Liebe bleibt die Glut / Die Glut, der Fächer, die Gepflogenheiten / Ich bin dir so gewogen, Liebling, durch die Zeiten

{ *Lied der Sommerliebe* }

Wir lieben wie ein Sommertag
in grün, in blau, in licht
besprichst du mich dann landet mir
ein bunter Falter im Gesicht

Wir lieben wie ein Sommertag
an dem die Wespen kreisen
Menschen in Parks und Bäder gehn
oder ans Meer verreisen

Wir lieben wie ein Sommertag
an dem die Kleinsten springen
Wir sitzen barfuß vor der Bar
wo dunkle Frauenstimmen singen

Wir lieben wie die Sommernacht
Glühwürmchen in den Büschen
Und Blicke fallen: Sternensteine
die Krater schlagen, nicht erlischen

Wir lieben wie ein Sommertag
ein Sommertag ist da
spült Monde in die kühle Nacht
die Nähe fern, die Ferne nah

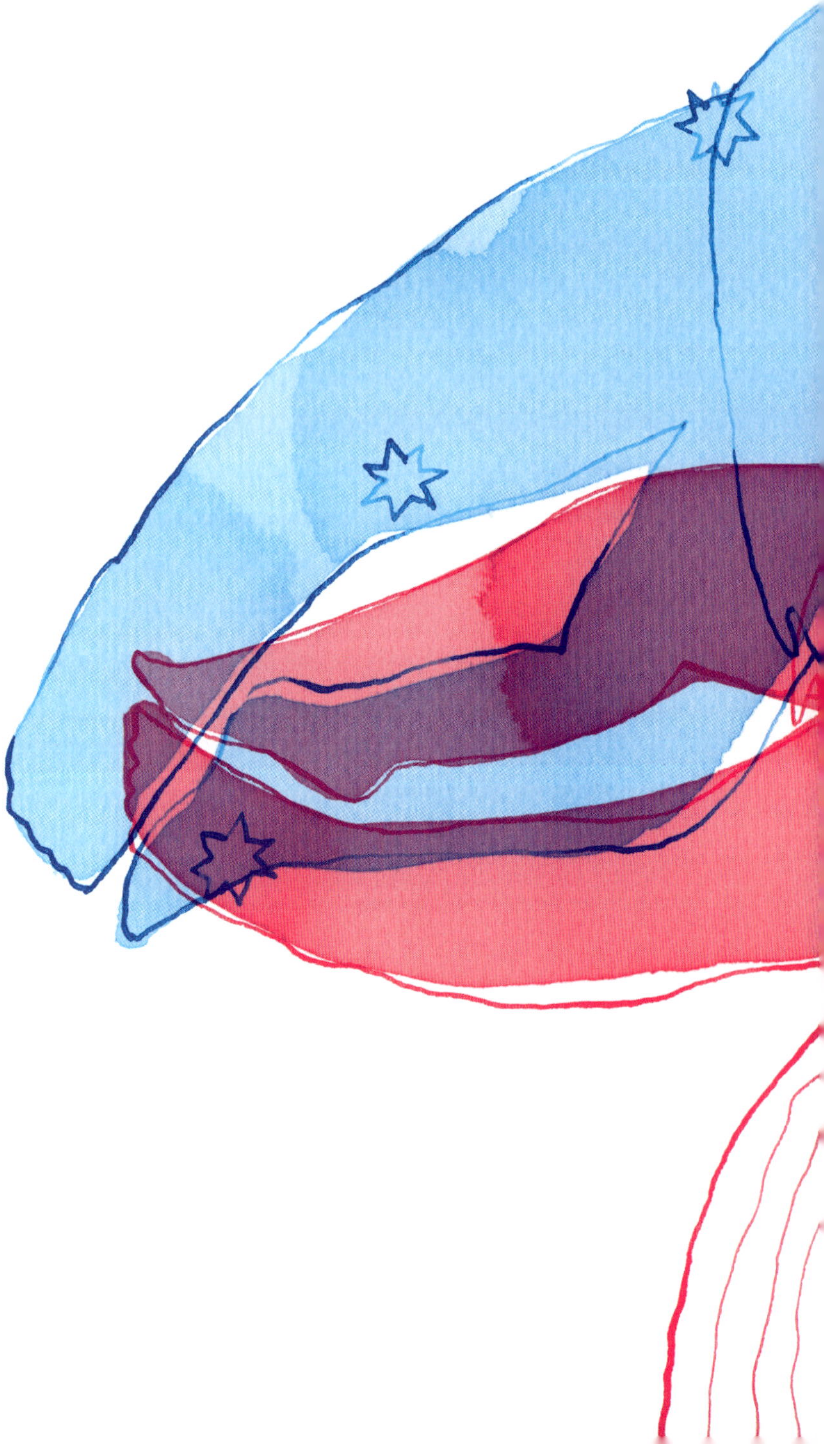

{ { *die lichtung, auf der du liegst* }

die lichtung, auf der du liegst
da liegst du geschlossenen auges
du wellst die weißen füße
die beine: kühle farne
da grabe ich den kopf an deinen bauch
bis der wald schweigt
da fällt dein mund in meinen
und mein mund wellt
legst du dich zwischen meine beine
ich welle die weißen füße
die lichtung, auf der du liegst }

{ Tropisch }

Vielleicht bist du tropisch
Es gibt nur noch Dunkel und Hell, Tag und Nacht, kein Dämmern
Und allerlei Tiere quellen aus dir und aus mir
Vielleicht bist du tropisch
und alles ist neu, klimatisch
Mir ist alles neu

Es gibt nur noch Dunkel und Hell, Tag und Nacht, kein Dämmern
Und allerlei Tiere kreischen und wimmern
Ich werde verrückt, ich bekomme Fieber
Ich träume, ich will schon ins Schlafland hinüber
über den Fluss, deine Stämme
Ich such' die Machete, und Mate
Das sind die Tropen für mich – warte!

Es gibt nur noch Dunkel und Hell, Tag und Nacht, kein Dämmern
Und allerlei Tiere kreisen um mich; sie
reißen mich ganz aus einander
Ich sterbe. Blut. Ich bin schon gefressen
Jetzt ist es soweit. Ich muss von dir lassen
Und werde ein Geist. Es wird dunkel und hell
Nichts verändert sich. Alles verändert sich viel zu schnell

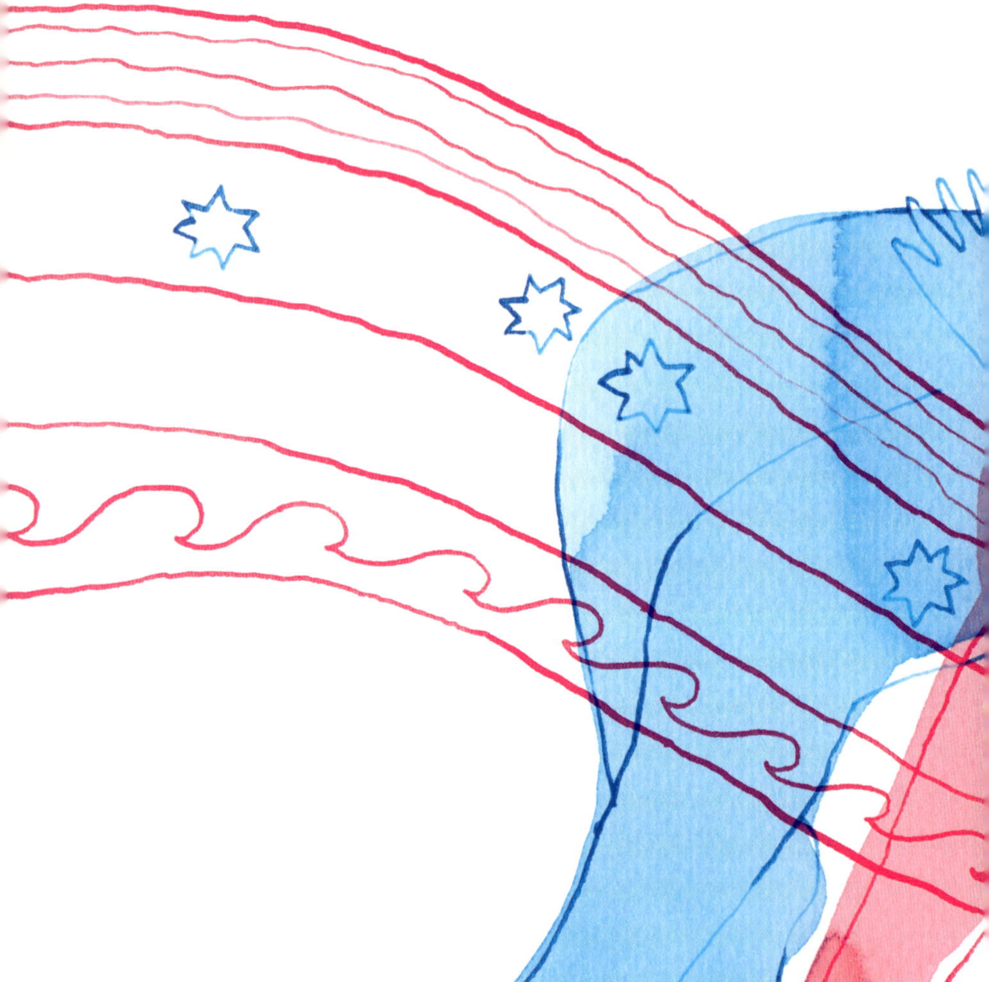

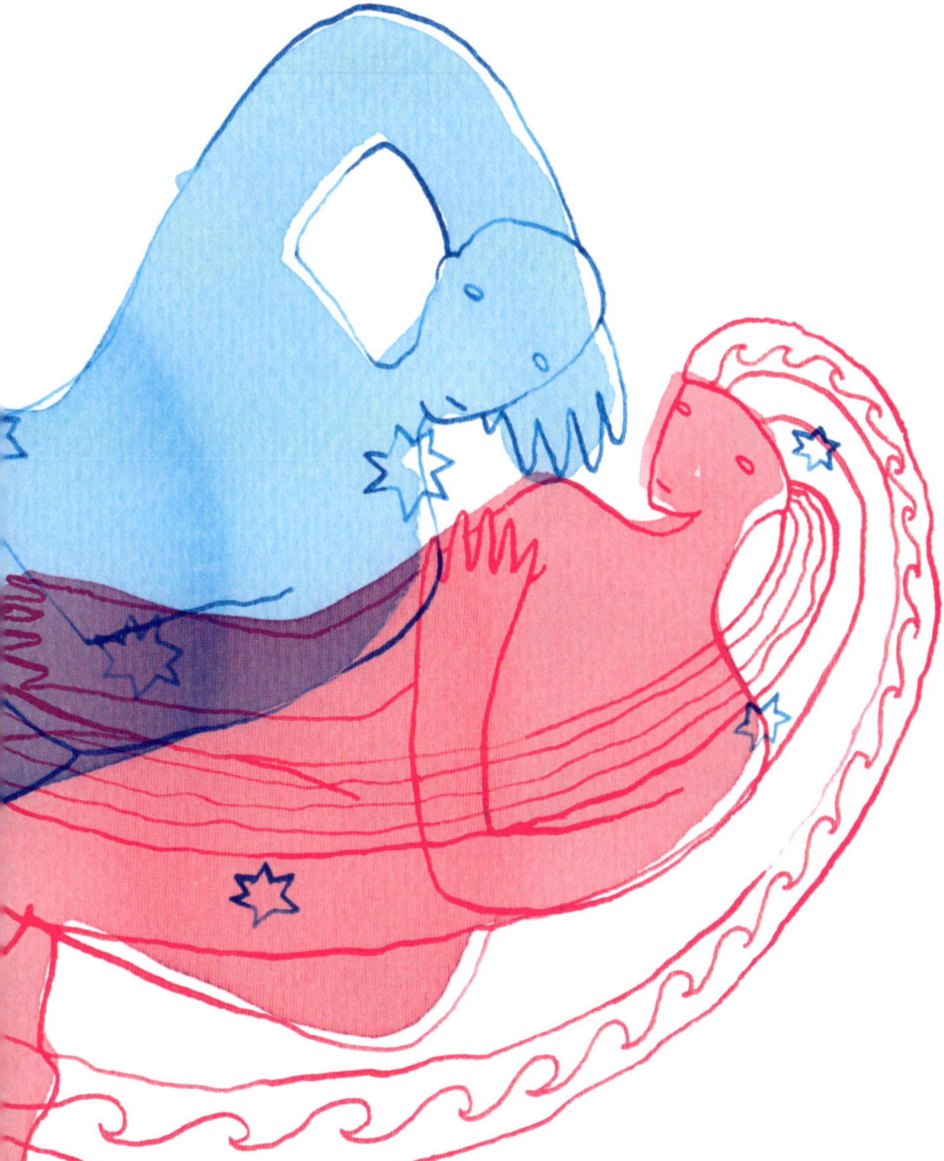

{ Sommersterben }

Die Sonne hat sich aufgefächert. Die Sonne packt die Wolken ein in Goldpapier / Die Sonne ist dies Jahr nicht treu, sie kommt und geht, noch fremd / Die Bäume halten sich ans Wasser. Er hält sich an der Arbeit fest / Und ich bin haltlos, so wie hundert andere, wie du / So dehnen sich die Stunden aus und klemmen mich dann ein / Ich möcht mit Wurzeln, Arbeit, Sonnenlicht verwachsen, wachsen, weise sein / Doch was mir bleibt, ist warten, wandern und ein Stück verwesen / Und was mir bleibt, ist stark sein, heut, und Bücher lesen / Und ein paar Träume bleiben, die ich revitalisiere / Und ein paar Räume bleiben, ein paar Worte, Blicke, Biere / Ich will mich auseinandersetzen. Doch alles scheint so altbekannt / Ich möchte in die Ferne schweifen. Schein angeleint an dieses Land / Der Sommer will heut mehr als schlafen. Der Sommer sehnt sich nach dem Tod / Und stirbt. Die Sonne malt die Wangen der Wolken rosarot und geht / Ich geh mit ihr, verloren, für eine kalte Nacht / Verloren stehn die Kräne für die Container, Fracht / Am Hafen standen wir und warfen so mit Blicken / Sie gingen dann verloren im Lächeln, Trinken, Nicken / Nur als du mich umarmtest, zum Abschied, ohne Kuss / Da wurdest du die Sonne, und ich ein großer Fluss / Und dann bin ich verflossen, und du standest verlassen / Ich lief zu ihm, wie immer, durch klinkerdunkle Gassen, durch Türen an das Bett / Ich küsse, kose, koch und mache die Gedanken wett, an Dich / Du warst die Sonne. Kurz. Ich lieb dich nicht

{ Das Netz }

Den ganzen Sommer lang
hab' ich ein Netz für dich gewebt
Du hast es berührt
und gefunden, dass es klebt

Krabble davon
Dieses Netz hält dich nicht
Die Weberin übte sich
schon in Verzicht

Und der Herbst, dieser Wind
wird das Netz zerreißen
Ich laufe durch Regen
Wege sind dunkel

Den ganzen Sommer lang
hab' ich ein Netz für dich gewebt
Warum hast du dich nie
hineingelegt

{ *{ Jenseits der Liebe }*

Jenseits der Liebe
bewegst du dich durch Straßen
zu deiner Arbeitsstelle
und zur Wäscherei
und wenn der Schnee schmilzt
fährst du Fahrrad

Es gibt die Frauen mit den
leicht verliebten Augen
die du siehst
es gibt die Chefs, die dich mögen
deine Eltern, die du liebst
und es gibt in deinem Leben
die Erinnerung an mich
meine Stimme
mein atmendes Gesicht
und es gibt diese Frau
die du immer noch liebst
– tausend Tränen

Wer bin ich für dich?
Ein Verlust, eine Quelle
eine Frau, die klammert
eine Welle aus Erotik oder
Künstlerexotik?

Wer bin ich für dich?
Eine Last, eine Sehnsucht
ein längst verbauter Fluchtweg
ein Schalter, der dich umlegt?

Wenn ich an dich denke
zucken meine Glieder
und mein Hals, mein Gesicht
sie spüren dich wieder
ich betrachte dein Foto
im weltweiten Netz
Was fängt dich ein?

Jenseits der Liebe
laufe ich durch Straßen
ich suche ein Leben
und lande bei dir
ohne jede Verbindung
die Zeit verspricht Linderung
ich muss ihr vertrauen
auf dich soll ich nicht bauen

Jenseits der Liebe
fahren wir durch Straßen
es sind nicht dieselben
und der Frühling in den Bäumen
ist meinen Zügen
fern

{ # { Am Rand des Parks }

Die Bäume bilden einen Säulengang am Rand des Parks / Du wirfst den Ball für den Hund, der rennt / über Maulwurfshügel, Gänseblümchen, Brennnesseln und Gras / Dem Hund scheint's gut zu gehn. Das ist gut zu sehn / Rühr mich nicht an, heißt der Busch hinter der Bank, auf der ich sitze / Für mich versteckt sich noch das Glück / Hinter der Tür, deren Rahmen ich nicht kenne / Hinter dem Tor zum Himmel: Zitronenfalter, Fliegen, große glänzende Libellen / (Mücken, Käfer, Stiche, Stiche in den Zellen) / Und die Tauben gurren, und die Sonne spielt Verstecken / Mein Leben findet statt vor Unkrauthecken

Und der Hund muss hecheln, hecheln mit dem Ball zwischen den Zähnen / Mir fällt das Atmen schwer. Wie mich im Glück zu wähnen / Und ich bet zu Gott, bitt ihn um seinen Segen / Ich stell mir vor, er reißt den Himmel auf, um seine Hand auf meinen Kopf zu legen / Und ich stell mir vor, du nimmst mich in den Arm / Und ich stell mir vor, du hältst mich lange, warm / Und du wirfst den Ball, der Hund rennt hinterher / Der Hund kann hecheln, hecheln, und mir fällt das Atmen schwer / Und die Tauben gurren, und die Sonne spielt Verstecken / Mein Leben findet statt vor Unkrauthecken }

{ der tod hat eine hand }

der tod hat eine hand
er greift mir ans herz
und drückt ein bisschen zu

er drückt ein bisschen zu
wie männer frauenbrüste nehmen
und ein bisschen zudrücken

ich hab ein weiches herz
der tod hat eine männerhand
ich packe den raum voller seufzer

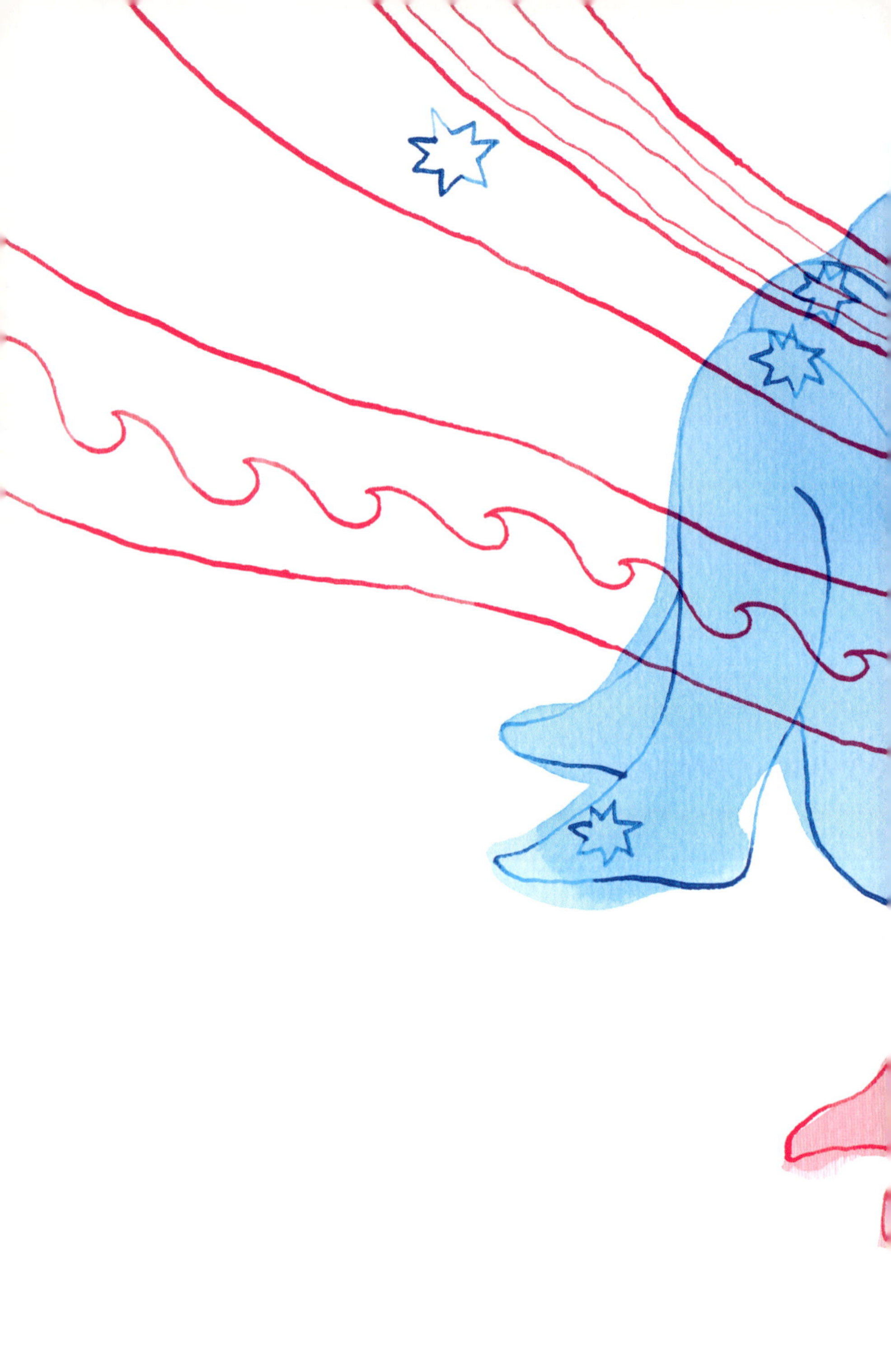

{ *Weiler am Weiher* }

Ich wohne im Weiler am Weiher
Du wohnst in Sansibar
Ich warte da, wo ich wohne
Du warst schon lang nicht mehr da

Ich wohne im Weiler am Weiher
und schau' den Ameisen zu
Sie bauen an einem riesigen Reich
Ich baue nicht. Ich denke an dich. Du –

Ich warte im Weiler am Weiher
Die Welt schmeckt nach Schlehen und Sand
Und Dornen an Beerensträuchern
stechen mir Blut aus der Hand

Und ich stehe im Weiler am Weiher
und sehe den Schwänen nach
Sie ziehen über den Himmel
Blut tropft zu Boden. Mein Garten liegt brach

Und ich geh' an den Weiher am Weiler
ich gehe ins Wasser, Moos auf dem Grund
Du siehst sie nicht. Meine weiße Haut
Mich sieht nur ein weißer, verlorener Hund. Ach

Ich wohn' noch im Weiler am Weiher
Und du bist noch immer nicht hier
Aber wenn du mich trotzdem hörst:
Sag allen *Ade*! Komm' zu mir!

Denn Sansibar ist sonnig
und es gibt so viele Fraun
Aber ich bin im Weiler am Weiher
und will mit dir in den Himmel schaun, nach den Schwänen

Ich wohne im Weiler am Weiher
Die Zeit tropft. Es ist Ruh
Die Ameisen bauen ihr riesiges Reich
Ich baue nicht. Ich warte auf Dich. Du –

{

{ Plötzlich }

Der Hibiskus blüht
Wir sind nicht mehr zusammen
Der Hibiskus blüht
Du bist grad aus dem Haus gegangen
Der Hibiskus blüht so schön,
und ich hab dich so lieb
Der Hibiskus blüht so schön
Wir sind im Krieg

}

{

{ erst, dann }

erst liefst du mir zu,
dann flogst du davon

du kamst nicht als junge
und gingst nicht als mann

und mein herz, das flattert im käfig
und die welt steht davor und bellt

und wir beide haben gebissen
und ich pfeife verzweifelt das lied vom vermissen

und blute. es gibt keine güte
im krieg

erst liefst du mir zu,
dann flogst du davon

du kamst nicht als junge
und gingst nicht als mann

}

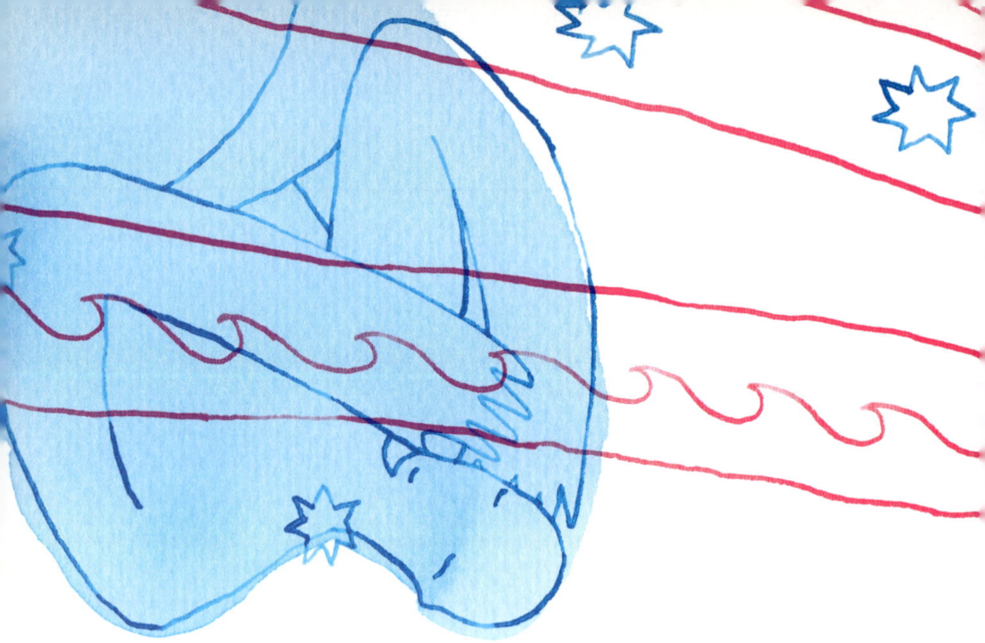

{

{ Übrig }

Im Land liegt ein Garten. Durch den Garten fließt ein Fluss. Ich bau ein Haus, aus rauem Stein, aus Holz, und pflanze Wein. Ich bau ein Bett und schmücke es mit Muscheln, die ich fand, im Ufersand. Ich bau den Stuhl, den ich ans Fenster stell, um in den Baum zu schauen, nachts, und zu den Sternen. Ich bau die Bank, für eine laue Luft, und stell sie an die Mauer, neben meine Tür.
Ich bau dich, nachts, wenn eine wilde Katze schreit, ein Vogel. Ich baue dich aus Rauch und Luft, und du wirst niemals älter.
An meinen Händen weiß ich Adern, heut, an meinen Füßen Schwielen; wo ich barfuß gehe, hier, über die Steine und das Gras, das trocknet, über Wurzeln.
Ich bau dich, nachts, wenn ich die Augen öffne für den Mond, der sich auf grobe Dielen wirft und dabei schweigt. Ich ziehe Luft in meinen Körper, spür, wie sie entweicht. Mein Körper ist jetzt älter, du bist noch immer jung. Nur unter deinen Augen seh ich Jahre, Ringe, alles, was du niemals mochtest.
Ich bau dich nachts, aus Stoffen, die ich gestern fand, die ich verwenden wollte für ein ganzes Leben. Du wolltest dich nicht geben.
Und im Gebälk über dem Mond hängt dein Gesicht, du siehst zu mir. Und ich setz mich auf und warte, dass du zu mir kommst. Ich lege meine Arme offen auf das Laken, kühl, schließe die Augen, meine Lippen springen auf und dir entgegen. Ich möchte meine Arme wieder um deinen Körper legen. Ich möchte deine Brust berührn, mit meinem Haar. Und deine Glieder spüren, alle. Nimm meine Lippen auf in deinen. Leg deine Hand an meinen Hals, beginne, mich zu kosen, bis ich der warme Wind bin, draußen, in der Nacht, und eine Lichtgestalt an dir. Bau dir ein Zimmer

in mir; erweiter mich, erweiter Leben. Etwas von mir will sich mit dir verweben. Und ein Feuer brennt in meinem Bauch, so stark und still. Und ich atme laut und bin in deinen Händen. Und ich spüre dich, du wächst und wächst in meinen Wänden, bis du springst. Und mein Becken springt, springt dir entgegen.

Erst dann kann ich schlafen. Mich wieder unter das Laken legen.

Und was du da lässt, das sind Tränen. Jahre schon sind sie bei mir, erinnern mich an diese Sehnen unter deiner Haut, die ich gespürt hab, als ich dich umarmte, dieses letzte Mal, in einem Zimmer in der Stadt. Als schon ein zweites Herz in meinem Körper pochte, eines, das ich reißen ließ aus mir, von einem Mann, der einen Kittel trug und mich betäubte.

Das Leben hat mir all das dagelassen. Schreie, Ohnmacht, Türen, die du schlosst, und unsre roten Augen.

Ich sitze auf der Bank und hör dem Wasser zu. Ich sitze auf der Bank und höre die Zikaden. Und alle Äpfel, die ich pflücken werde, pflücke ich, um auf der Bank zu sitzen und dich zu vermissen. }

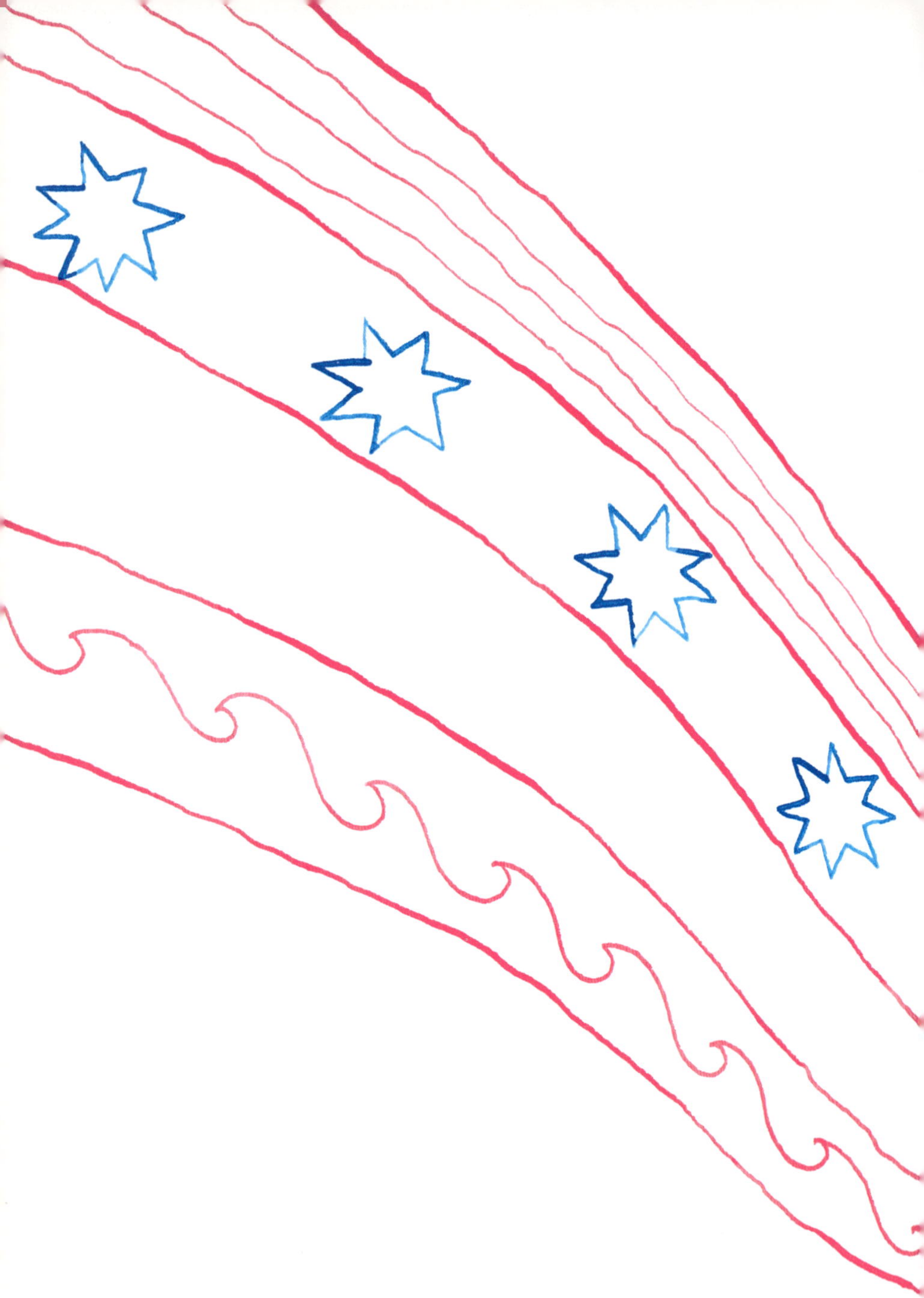

{

{ *tausendtief* }

tausend tränen tief
versank ich in das
meer der geschichten
während er schlief

er schlief, immer schlief er
tief, und er atmete schwer
ich trank tausend tränen
und ich sank, mehr und mehr

das ist lang her, fast lang
und scheint aus der ferne
wie eine boje
an der ich anlegen kann

tausendtief, geträntt
das nachthaar nassgesträhnt
in den augenwinkeln
während er schlief

tausend tränen tief
er schlief tränentief
als ich ertrinkend seinen namen
leise in den spiegel rief

das ist lang her, so lang
dass ich mich an das schöne
zum glück nicht mehr erinnern kann
gestern rief er wieder an

}

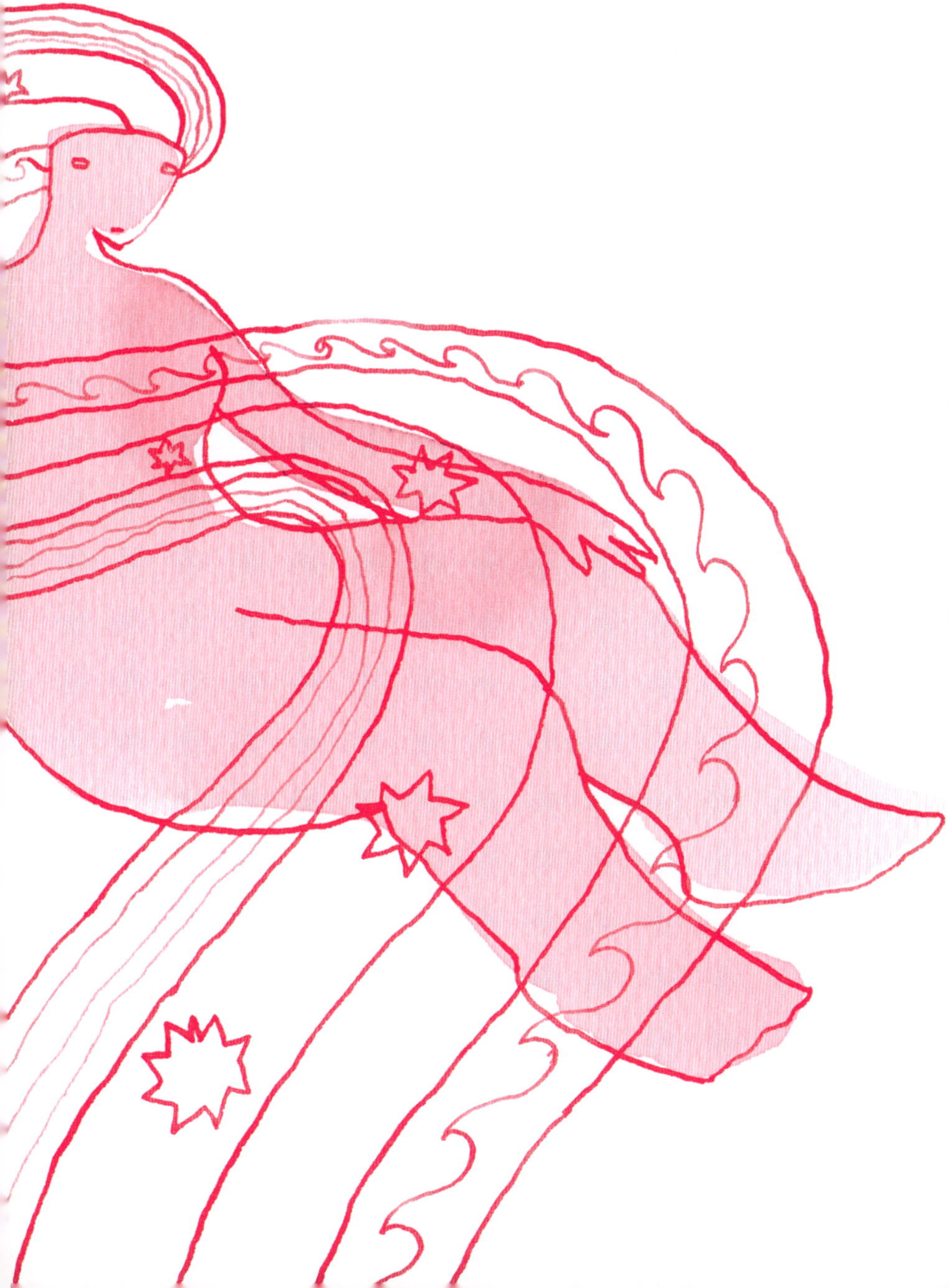

{

{ lied der weberin }

{ Im Schlosspark bei Nacht }

{ schlangenwerk }

{ deine hand, die mich küsste }

{ Ruhig mit dir }

{ Wilder Flieder, lila }

{ Steig mit mir aus }

{ Flamingo und Gnu }

{ Sein Duft }

{ Graskraut }

{ Besiegt werden }

{ Du bist meine Muse, du Affe }

{ Saß ich am Rand }

{ Algen, Licht }

{ Du bist mir }

{ Traum, Mann }

{ Flirr und harr } { Als ich den Drummer sah }

{ Liebling }

{ Lied der Sommerliebe }

{ die lichtung, auf der du liegst }

{ Tropisch }

{ Sommersterben }

{ Das Netz }

{ Jenseits der Liebe }

{ Am Rand des Parks }

{ der tod hat eine hand }

{ Weiler am Weiher }

{ Plötzlich }

{ erst, dann }

{ Übrig }

{ tausendtief }

}

Eire Rautenberg, Traumgeboren

Lyrik, die Dunkelheit ins Licht setzt. Wortschaffende Sprachgestalten entführen in ein Meer geistiger Entdeckungen, die weniger romantisch als philosophisch und doch von undinischer Tiefgründigkeit schlafraubend sind.

111 S. Paperback. ISBN 978-3-941848-01-6

*

Wolf, Leonie. Ostschokolade

Die Pfarrerin Anna verliert bei einem Unfall ihr Gedächtnis. Mitten in Mecklenburg findet sich ein verschollenes Tagebuch, durch welches sie ihre eigene Geschichte entdeckt. Fragmente reihen sich aneinander und schließen sich zu einer Identität. Anna zieht es wieder in das kleine Dorf zurück. Sie findet ihre eigene Geschichte – und doch nicht, denn die Welt, die sie vor der Wende zurück ließ, existiert nicht mehr. 256 S. Pb. ISBN 978-3-936149-08-9

*

Ruth Eisert, Der Seifenhändler

Eine Fantasyerzählung á la Michael Ende in Realitäten wie von Tolkien mit der Sensibilität eines Andersen. In der Spannung ab 12, dem Tiefgang ab 20, Weisheit ab 66. Rick hinterläßt Karin und den Kindern bei seinem Verschwinden einen Scherbenhaufen. In diesem Chaos taucht Karin auf. Ihre berührende Abenteuergeschichte um die Kämpferinnen Tura und Marilena beschert auch dem Drama im richtigen Leben einen guten Ausgang.

„Leicht verständlich schleicht sich eine geballte Ladung Lebensweisheit ein, die wohl in jedes schöne Märchen gehört."(FAZ) 532 Seiten, Paperback. ISBN 978-3-936149-09-8

*

Saunders, Anne. Reisen in die Traumzeit. Eine Aboriginal-Einweihung

Anne hat in langjährigen Kontakten mit australischen Aborigines deren Vertrauen gewonnen und nimmt teil an den Träumen, Zeremonien, Reisen und Heilritualen. Anne reist in ganz Australien und Neuseeland und findet am Ende einen unerwarteten Zugang zu ihren eigenen keltischen Wurzeln. Pb. 200 S. ISBN 978-3-936149-37-1

*

Güttler, Werner Walter. Steine auf dem Weg

Harun irrt durch die winterlich kalten Felsenhöhlen von Petra. Er ist verzweifelt und sucht den Tod. Eine geheimnisvolle Bruderschaft zelebriert hier Rituale und entdeckt ihn. Seine Aufnahme führt zur Selbsterkenntnis und Meisterschaft.

642 S. Hardcover, SU, 17 Illus. v. Michael Blümel. ISBN 978-3-936149-05-5

*

Mirabai, Amanecer.

Sowohl Mexico als auch das keltische Irland klingen an in der faszinierenden Musik von Mirabai. Die Sängerin aus dem Stamm der Nahuatl verbindet eigene Kompositionen und die Arrangements ihrer indianischen Stammesmusik. Mit dieser CD wurde die Gruppe bekannt. Sie leben heuhte in Colorado und touren regelmäßig in Amerika und Europa. Musik-CD 40 Minuten, ISBN 978-3-936149-77-1

*

Ostmüller, Klara. Aeskulaps zerbrochener Stab.

Dieser biographische Roman entlarvt alles, was uns die Schwarzwaldklinik & Co. als Realität vorgaukelt. Authentischer Insiderbericht aus dem OP.

Pb. 437 Seiten, Glossar. ISBN 978-3-936149-13-5

*

Weiland, Ein Messias aus Galiläa. Was Christen nicht wissen - aber sollten

Jeshua der Nazarener wird nüchtern und umfassend recherchiert dargestellt. Was fasziniert uns heute noch zu Recht oder Unrecht an ihm? Paulus, dem politischen Organisator einer neuen Religion gilt die besondere Aufmerksamkeit. Weiland enthüllt unliebsame Wahrheiten. Der Autor hat 30 Jahre für das Buch recherchiert.

Leinen, Schutzumschlag, 644 S., viele Abb. Register. ISBN 978-3-936149-07-7

*

Hedwig Kolonko, Zwei Gesichter des Isan.
Das Leben in einer thailändischen Großfamilie.

Waise und Halbwaise im Nordosten Thailands leben in einem für Fremde unsichtbaren Elend. Familien werden durch Auslandsjobs zerrissen, Prostituierte lassen ihre Kinder zurück. Jake und Tine wollen ein Kinderdorf aufbauen und scheitern zunächst an ganz unerwarteten Problemen. Erst jetzt kann die Umsetzung der Aufgabe beginnen. Der Erlös des Buches leistet einen Beitrag.

Paperback 180 Seiten, viele Abb. ISBN 978-3-936149-39-5

*

William Peasley, Die letzten Nomaden

Mudjon überredet den alten Doktor Peasley zu einer Expedition, die zwei verschollene Aboriginals heimbringen soll. Sie erleben die Wüste und den Busch, die einstige Heimat des Stammes. Allein die beiden Verstoßenen führen nach über 30 Jahren das traditionelle Leben der Urmenschen. Die abenteuerliche Suche in einem der entlegensten Gebiete der Welt beginnt. Spannend geschriebenes Sachbuch.

173 S. Paperback, viele Farbfotos ISBN 978-3-936149-38-8

*

Heinrichs, Johannes. Hyperion. Revolution aus Geist und Liebe

Hölderlins einziger Roman, philosophisch kommentiert. Der komplette Text, neu gesetzt. Ein Höhepunkt der Romantik, Liebes- und Kulturroman,

Hardcover, 650 S. Steno Verlag im Vertrieb bei Araki. ISBN 978-954-449-311-0

*

Ziegler, Leopold. Die Welt als Organismus

Schon 1922 geschrieben, nimmt der Autor viele Fragen vorweg, die in den letzten 20 Jahren Eingang in Philosophie, konstruktive Gesellschaftskritik und ethische Auseinandersetzung um ganzheitliche Standpunkte fanden. Die Leichtigkeit, mit der hier von Darwin bis Einstein soziokulturelle aber auch existentielle Themen behandelt werden ist außergewöhnlich und zeugt von einer längst fälligen Neubewertung dieses Denkers. 156 S. Ln. m. SU. ISBN 978-3-941848-12-2

Belletristik, Geist, Psyche und Gesellschaft

Der Name des Verlages leitet sich von einem kleinen Dorf in Ägypten her. Dort lebte einst der Weise Abramelin. Viele seiner Aussagen sind auch nach 600 Jahren noch gültig. Er läßt sich in keiner Philosophie oder Religion einordnen. Diese Haltung als Vorbild, möchten wir mit unseren Büchern einen Beitrag leisten zu einer zukunftsorientierten Gesellschaftsentwicklung, zur Selbsterkenntnis des Einzelnen und zum Bewußtsein der Menschheit als eines Teils des großen Organismus, unserer Heimat, der Erde.

www.araki.de
Lob, Kritik, Manuskripte
bitte an
redaktion@araki.de

ARAKI